바람은 길이 없다

곽종철 제4시집

시음사
시사랑음악사랑

名人名詩에 도전하는 곽종철 시인

어떤 일을 할 때 모른다와 No만 하는 사람은 노인이고, Yes를 하고 적극적으로 배우면서 함께 하려는 사람은 젊은이라고 한다. 자기 안경만으로 세상을 보는 사람은 노인이고, 변화를 불편해하지 않고 순응하면서 따른 사람은 젊은이라고 한다. 곽종철 시인은 젊은 시인이다. 처음 문단에 데뷔할 때만 해도 법학을 공부하고 공직에서 평생을 강직함으로 과학적이면서 초현실주의의 삶을 살아오신 어르신으로만 알았다.

곽종철 시인은 현실과 비현실 사이의 괴리에서 아니 비유와 은유 그리고 함축이라는 시적 표현을 법학도가 아닌, 그렇다고 과학자도 아닌 시각으로 시심을 풀어 놓으며 첫 시집 "마음을 흔드는 잔잔한 울림", 2 시집 "물음표에 피는 꽃" 그리고 3 시집 "빨간 날이 365일인데"를 출간하면서 중견 시인으로 독자층을 형성한 시인이다.

곽종철 시인의 작품들을 정독하다 보면 인간이 살아가면서 무심코 지나쳤던 현실의 문제들을 정서나 사상에 상징의 힘을 빌려 언어 문자로써 표현한 작품이라는 생각을 하게 된다. 그것은 곽종철 시인이 주변의 인간관계나 사물을 보는 심상"心象"을 보여 주기 때문일 것이다. 어떠한 요소를 발견하고 그것을 자아와 텍스트로써 생명을 불어넣는 자질을 갖추고 있는 시인의 4번째 작품집 "바람은 길이 없다"로 곽종철 시인은 다시 독자를 찾는다. 기대와 또 설렘으로 그동안 꾸준한 사랑으로 함께해 온 독자와 즐거운 마음으로 "바람은 길이 없다"를 추천한다.

(사)창작문학예술인협의회 이사장 김락호

작가의 말

　세상은 나 없이도 잘 돌아가는 것 같습니다. 폭풍이 부는 날이 있으면 고요한 날이 있고, 약육강식이란 생존법칙만 적용되는 것처럼 보이지만 베풀고 나누면서 따뜻한 온정이 오가는 경우가 더 많은 세상입니다. 상처가 많은 삶 속에서 시는 치유(治癒)라는 긍정적인 에너지를 줍니다. 네 번째 시집『바람은 길이 없다』를 출간하면서도 역시 독자들의 꾸준한 당근과 채찍을 기대합니다.

　우리들은 인공지능이 신의 영역까지 도전하는 시대에 살고 있습니다. 과학기술의 발전은 인간의 삶을 풍요롭고 편안하게 하지만, 인간의 존재감은 점점 작아지고 불안감은 더 커지고 있습니다. 이에 대한 답도 시에서 찾고자 합니다.

　어느 시인의 말처럼 나도 늘 나의 대표 시를 쓰는 심정으로 시를 향한 열정과 사랑, 의지를 불태우며 이 시집을 지었습니다. 우리 삶의 희로애락과 달아나는 세월을 유의미한 세계로 창조코자 노력했습니다. 독자님들의 많은 사랑을 기대합니다. 감사합니다.

곽종철 드림

<제1부>
- 봄바람이 부는 뜻은 -

<제2부>
- 사랑의 징검다리 -

<제4부>
- 구름을 쫓고 나온 해처럼 -

⟨제1부⟩

- 봄바람이 부는 뜻은 -

온 천지를 흔들고 흔들어

늦잠 자는 자식 깨우는

엄마 같네.

청춘예찬

용솟음치는 샘물처럼
솟아나는 힘을 주체할 수 없어
막무가내로 굴레를 벗어나려는
젊은 청춘, 야생마라고 부르고 싶네.

세상을 늘 활기차게 하고
세상을 쉴 새 없이 돌게 하며
세상을 새롭게 만들어 가는
젊은 청춘, 꿈을 이룰 보배라네.

뙤약볕을 받으면 잎은 무성해지고
비바람을 맞으면서 나무가 자라듯이
벌 나비 어우러져 꽃이 열매를 맺듯이
값지게 보내는 젊은이라면
빛나는 청춘이라 하겠지.

큰 기둥으로 자랄 젊은이들이여,
쉬지 않고 흘러가는 강물처럼
청춘은 머물질 않는다네.
토실토실하게 익어가는 알밤처럼
알찬 젊음이 구릿빛 청춘이라네.

<제1부>
- 봄바람이 부는 뜻은 -

바람은 길이 없다

산 넘어 봄소식이 올 때면
바람은 꽃길 따라 오는 듯하더니
녹음이 우거지는 여름이 되면
아름드리나무도 가는 길을 막는다고
뿌리째 뽑아버리고
가을 단풍 물들면 나뭇잎을 떨게 하고
한겨울이면 뼛속까지 파고들어
영혼조차 흔들어 댄다.

산 넘고 강 건너
어디라도 다니는 바람아,
눈 하나 깜작하지 않고
무슨 짓이라도 할 수 있는 바람아,
동토(凍土)의 땅에는 봄을 전하고
봄이 온 땅에는 영원한 꽃이 피게 하는
성난 바람보다 웃는 바람이 되소서.
가는 길이 막혀도 설령 길이 없어도
나뭇가지를 춤추게 하고
이름 모를 꽃이라도 웃게 하는
성자(聖者)처럼 곱게 불어다오.

석류꽃

고향 마을 한 모퉁이에
자리 잡은 석류 한 그루,
터줏대감 된다면서
손 흔들며 이별한 지
반세기가 다 되었는데
탐스러운 꽃단장을 하고
내 앞에 서 있네.

너를 잊고 지난 세월
모두가 변했구려.
더벅머리 그 총각 초로(初老) 되고
문전옥답엔 우거진 게 잡초더라.
그래도 옛사랑 심어 놓은
그대는 변함없이 젊은가 봐.
황홀하게 불타는 꽃으로 피어나
내 마음을 붉게 물들이는구려.

이 꽃에는 고추잠자리 맴도는
고향 마을이 눈앞에 펼쳐지네.
저 꽃에는 불알동무 모여들어
딱지치기 자치기 구슬치기에
바깥마당이 놀이터 되네.
그대는 그때 그 꽃이 아닐진대
어찌 옛 추억만 자아내는구려.

팔베개

너와 나,
둘인 몸을
하나로 이어주는
끈이라네.

어릴 때는,
세상에서 가장 아늑한
엄마 품을 찾아가는
징검다리이었지.

자라서는,
외롭고 힘들 때
포근하게 안아주며
시름을 달래주는
행복이 샘솟는 곳이라오.

지금은,
정(情)을 그리워하면서
추억의 그 시절로 돌아가는
이야기보따리가 되었네.

<제1부>
- 봄바람이 부는 뜻은 -

소나기 오는 날

푸른 하늘에 뭉게구름 두둥실
이느새 잿빛으로 변하더니
먹구름에 많은 비를 싣고 와
짧은 시간에 쏟아 붓는구려.

해를 가리니 세상은 어두워지네.
천둥 번개까지 몰고 와 요란하네.
장대처럼 쏟아지는 빗방울이
세상을 물바다로 만들어 버리네.

언제 끝이려나 싶은 마음은 잠시
목 타는 갈증도 한 방에 날려 보내고
푸른 하늘엔 또다시 태양이 방긋 웃는
온 세상이 목욕하는 날이구나.

먹구름만 잔뜩 낀 저 하늘 아래에도
한 줄기 소나기가 지나가고 나면
찌뿌둥한 몸도 풀리겠지.
후덥지근한 무더위도 가시겠지.
그러면, 초록빛 세상 다시 오려나.

아내

천생연분이라는 끈으로
밤낮없이 옆을 지킬 적에는
내 자유를 반 토막 내는
옆지기*로만 알았지.

무슨 까닭으로 말도 없이
친정으로 가고 이틀이 지나니
나에게 날개를 달아주는
천사가 되어 다가오는구나.

늘 옆에 있어 준 그대,
세월에 시달리고
삶에 지칠 때라도
행복을 퍼주는 여인이라네.

* 옆지기: 남편 또는 부인을 말함
<제1부>
- 봄바람이 부는 뜻은 -

길

오늘도 길을 나선다.
사람과 사람이 그리워서

길을 따라 걷는다.
세월에 묻혀 가고 싶어서

터벅터벅 길을 걷는다.
삶의 무게를 내려놓으려고

가다가 힘이 들면 쉬어가야지
길옆에 모든 게 내 친구들인데

아담하게 핀 들꽃에는
사는 게 무엇인지 물어보고
날갯짓하는 물새들에게는
돌아올 길 알아봐야지.

바람이 세월을 데려간 나
저만치 가버린 세월,
돌아올 길 잃었나 봐.

바람은 길이 없다

봄바람이 부는 뜻은

실바람이 부는구나
대지(大地)의 앙가슴을 헤치고
파고들어 작심하고 토해낸다.

겨우내 언 땅속에
깊이 잠든 개구리를 깨워
올챙이의 어미가 되란다
알몸이 된 나무는
새순을 돋게 할 욕심에
봄바람 장단에 춤을 춘다
춘삼월에 꽃피려면
봄 햇살도 끌어안으란다
잠이 덜 깬 뿌리에는
게으름을 피우지 말고
물 기르기에 열중하란다
여성들의 치맛자락에
봄을 몰고 오나 싶더니
마음에 조약돌까지 던진다.

온 천지를 흔들고 흔들어
늦잠 자는 자식 깨우는
엄마 같네.

<제1부>
- 봄바람이 부는 뜻은 -

꿈의 숲

시원하게 어우러진
나무 그늘에 안기고 싶은 곳.
겁 많은 사슴도 외로운지
꼬리 치며 다가오는 곳.
그림처럼 펼쳐져 있는 잔디밭,
아늑한 보금자리 같아
마음 내려놓고 싶은 곳이라네.

아무리 마시고 마셔도
질리지 않는 청량제는
가슴 속 깊이 스며들고
혼자라도 걷고 싶어
잠자리처럼 맴돌다
제자리로 돌아올 때면
더 머물고 싶은 곳이라네.

입소문이 빠르구나.
그 매력에 푹 빠진 사람들,
지친 몸 달래려고 찾아드네.
정도 흐르고,
노래도 흐르고,
시(詩)도 흐르는
'북서울 꿈의 숲'으로,

할미꽃2

세월의 무게가
얼마나 무거우면
저렇게
허리를 못 펼까.

삶의 흔적이
얼마나 고달프면
저렇게
땅만 보며 피어있을까.

안개처럼 사라진
애틋한 정(情)이
무덤가에 외롭게 피는
네 전설이 서글프다.

지나치고 싶은 사연인데
불어오는 바람이라
막을 수도 피할 수 없어
남은 인생을 날리고 싶네.

* 할미꽃1은 제2시집 「물음표에 피는 꽃」 22페이지 수록
<제1부>
- 봄바람이 부는 뜻은 -

정말 모를까

한여름이 무더워야
벼도 잘 자라고
열매도 잘 영글어진다지.

철들지 못한
내 삶을 보노라면
불볕더위라도 참아야겠구나.

아직도
풋과일 같은 우리 사이,
어우러지고 채워지려면
구름아,
둥근 해를 가리지 말아 다오.

누더기 한 벌

"이만 내려놓게나." 하고
온 나라가 입을 모아 말렸는데,

하느님 앞세우고 검은 그림자 숨기고
돈 모으고 사람도 모았는데,

한 보따리 짊어지고
바람처럼 사라져 속을 썩이는데,

안 잡는 건지, 못 잡는 건지
나라님에게만 닦달했었는데,

왜, 사늘한 죽음으로
홀로 풀밭에 누웠을까.

모든 걸 다 내려놓고
빈손으로 오라 했나.

함께 가자고 두 손 잡아도
모두가 뿌리치고 떠나버렸나.

<제1부>
- 봄바람이 부는 뜻은 -

22

믿을 놈 한 놈 없고
믿었던 놈한테도 버림받았나.

잘났다고 으스댔지만
죽을 때는 깨달았나.

나누고 베푸는 것도
겉과 속이 같아야 한다고,

빈손으로 왔다가
빈손으로 꼭 가야 한다고,

가야 하는 그 길은,
누더기 한 벌에 답이 있는데.

가마우지의 넋두리

굶주린 배를 움켜잡고
바위에 앉아 있는 가마우지.

꼬리 치며 노니는 물고기를 보니
고픈 배가 더 고파지는데도
그림의 떡일 수밖에 없으니
어쩌면 좋을꼬.

굶고도 살 수 있으면 좋으련만
차마 그럴 수는 없는 노릇이라
헤엄치는 것도
날개를 펴 그늘지게 하면
물고기들이 모여든다는 것도 배웠지.

옆에서 지켜보던 두 발 달린 짐승이
물고기 잡는 도우미로 데려가더니
잡은 물고기 빼앗고 배조차 곯게 해
배고프기는 마찬가지더라.

오늘도 팍팍하기는 그때이어라.
날과 달이 흘러도 더 물들고 부서져
삶에 찌던 단내가 목까지 차오르는구나.
가슴 아픈 때만 생각하는
가마우지만의 넋두리는 아니겠지.

빈 그릇

그릇이 비워지는 것은
채우기 위한 것이란다.

빈 그릇을 바라보노라면
늘 채워지고 비워지는구나.

하지만 비워지는 빈 그릇에
채울 걱정은 왜 하지 않을까.

비워질 때 아쉬움도
채워질 때 즐거움도 있는데,

비워지기만 하는 내 머리,
무엇으로 또 채울 수가 있을까.

늘 걱정과 아쉬움만 남아
가슴이 아픈 빈 그릇.

청개구리의 봄맞이

봄이 대지(大地)를 품으니
나뭇가지에 물오르는 소리 들린다.
그 소리에 겨울잠을 깨
사지(四肢)를 넓게 쭉 벌리고
앞다리 뒷다리에 힘을 주며
봄을 안고 기지개를 켜는구나.

냉이 달래도 나왔나 싶어
바깥바람 쐬러 나들이 나와
너를 보고파 다가가는데
그 발걸음 소리에 놀란 너는
찍! 오줌을 내갈기면서
있는 힘을 다해 폴짝 뛰는구나.
세상이 뒤집힐 듯한 천둥소리였나.

바람은 길이 없다

춘몽(春夢)

강아지가 발이 시린지
버선 신고 나들이를 하고
바위가 속까지 얼어버린
한겨울이지만
세월을 좇아오고 있을
새봄을 기다린다.

꿈이 찾아오고
꽃눈이 움트는 봄

난, 지금
풍선처럼 커지는
외로움을 참지 못해
봄보다 먼저
사랑의 꽃을 품어보는
단꿈을 꾸고 있네.

물새 한 마리

물가에 드리워져 있는
나뭇가지에 깐닥깐닥 거리며 앉아
깃털을 보송보송하게 고르더니,
올 것이 왔다 싶은지
곰지락 달싹도 하지 않고
내려다보고만 있더니,
어느새 그 물새는
미끄러지듯 떨어지는 것처럼
물속으로 뛰어들더라.
왜 그런 짓을 하는지
숨을 죽이고 바라보는데
있는 힘을 다해 솟구치는
그의 입에는 울음 덩이를 물고
숲속으로 사라지니
내 가슴이 저리단다.
잡혀간 물고기의 운명이여!

넌 알지

길섶에 코스모스가
갈바람에 한들거리며
벌 나비 기다리는데
훼방꾼이 오는 이유를,

귀뚜라미 울음소리가
임 찾는 소리라는데
세월 가는 소리라며
한숨짓는 이의 마음을,

풍성한 말잔치에 신물이 나
차라리 귀를 막고
듣지 말 걸 하면서도 모두
귀를 쫑긋 세우는 이유를,

콩 심은 데 팥 난다고
생떼까지 쓰면서
빗장을 걸어 잠그더니
제 발로 찾아오는 까닭을,

오는 봄 가는 봄

길을 가다가 멈춥니다.

파고드는 꽃향기에
그대를 행여나 만날까
사방을 둘러봅니다.

그대 모습 간절히 보고 싶어
소리쳐 불러봅니다.

불러도 대답이 없고
찾아봐도 보이지 않아
빈 하늘을 쳐다봅니다.

꽃향기가 바람 따라나서니
꽃은 홀로 우두커니 섰네요.

약 올리는 그대가 그리워
가는 봄이 야속해 집니다.

바람은 결이 있다

춘곤증(春困症)

봄이면 오후마다
찾아오는 불청객이구나.

불어오는 봄바람에도
앞산에 꽃이 손짓해도
내 눈꺼풀에 살포시 앉더니
온몸을 나른하게 하는구나.

실눈을 뜨면서
아무리 쫓으려고 애를 써도
떠나기는커녕 더 찰싹 붙으니
내 눈꺼풀은 천근만근이구나.

꽃피는 소리까지 손잡고 와
낮잠이 더 꿀맛인가 봐.

개망초

둑길에 저렇게 많이 피어도
누구 하나 눈길을 주지 않고
지나치고 마는
그저 고만고만한 꽃들,

천덕꾸러기가 될 신세라
바람에 살랑이며
화해를 걸고 싶어도
머물며 참을 수밖에요.

차라리 전하지 못한 마음 담아
책갈피 속에 머물다가
새봄이 돌아오면
남과 북을 한껏 헤매고 싶네요.

가까이 있는 남쪽에는 행복을,
멀리 있는 북쪽에는 더 가까이,
개망초가 부르는 노래랍니다.
개망초의 소원이랍니다.

착시의 세상

신기루가 보인다.
오르막길인데 내리막길이네.
똑같은 사람인데 다르게 보이네.
이러면서 사는 세상이라네.

때로는 서로가 맞다고 다투기도 하고
때로는 다 같이 틀리기도 하면서 살지.
때로는 이별도 하고 싸우기도 하지.
이러면서 사는 세상이라네.

이러다 보니 철 따라 변하는 세상,
아우성을 쳐도 입맛 따라 듣는 세상,
마음에 두지 않고 외면해도 되는 세상,
이러면서 사는 세상에
서산 노을처럼 물들어가는 나.

가는 세월

세월이 무엇이길래
푸르디푸르던 나뭇잎을
저렇게 아름답게 물들이나.

세월이 무엇이길래
젊디젊은 우리네 청춘을
이렇게 석양빛으로 물들이나.

세월아,
새봄에 다시 돋아날 그들에게
이별인 것처럼 슬퍼하지 말고
한 번 가면 다시 못 올
인생길 가는 이들에게
너무 매정하지 마라.

속절없이 가는 세월 앞에
붉게 물든 산은 말이 없구나.
벌거벗는 나무도
수심(愁心)만 가득하구나.

그 자리에 핀 꽃

난 모르고 있었네.
오물이나 빗물이 모여 내려가고
온갖 먼지가 씻겨 내려가는
빗물관 돌 틈새에 생긴 자리
새똥만큼이나 적은 흙을 품은 자리
그 자리에 계절을 잊은 채
팬시꽃이 피었네.

줄기가 약하고
꽃잎도 연약하여
더 샌 놈들의 틈바구니에
견디질 못해 쫓겨 다니다가
겨우 그 자리에 살아남았나.
갈바람에 시달렸나. 꽃잎이
온기가 그리운 듯 떨고 있네.

계절을 잊고 산다지만
봄 같은 시절이 그립구나.
지금은 초라한 모습일지라도
잠시라도 삶을 포기할 수 없기에
가슴 저미는 아픔에서도
뒤틀린 모습 다잡아 새봄에는
새로운 삶을 살고 싶어라.

백마의 혼을 찾아

목숨을 걸고 싸우며
고지를 뺏기고 뺏고를 24번,
우리는 온몸을 던지면서
넘어지려는 조국을 지켰노라.

하늘이 무너지고 땅이 꺼질 듯
적들이 몰려온 백마고지,
우리는 초개처럼 몸을 던져
이리떼처럼 달려드는 적을 막았지.

시달려 지쳐서 하얗게 돼버렸던 산,
오색 단풍으로 물든 지금 평온하다만
때로는 개미처럼 때로는 새처럼
철조망을 넘나들며 호시탐탐 노려도
통일의 꽃이 피는 봄날은 올까.

핵무기에 짓눌린 조국,
홀로 서 있기조차 힘이 드네.
조국의 품에 안겨 안식하리라는
백마의 혼도 조국을 위해 깨어나
몰려오는 적을 그때처럼 막잔다.

백마고지 위령비 앞에서 묵념할 때
백마의 혼이 전하는 이야기일세.

<제2부>

- 사랑의 징검다리 -

옷깃만 스쳐도

가슴이 뛰는데

하물며,

눈 마주치기를 몇 번인가.

민얼굴

멀쩡한 땅이 꺼지고
하늘이 무너지는 듯
건물이 무너지고
가던 배가 뒤집어지면
돌부처가 웃을 노릇이지.

이럴 때마다
남의 탓만 하고
땜질 처방만 하고
세월이 지나 잊어버리면
돌부처가 또 웃을 노릇이지.

돌부처가 웃을 때마다
속으로 웃는 자들이여!
한없이 기다리는 임에게
참 웃음을 보내주오
천진난만한 어린애 웃음처럼.

따뜻하게 품으려는 임에게
나라의 기둥이 더 기울기 전에
푸른 하늘에 먹구름이 끼기 전에
나락으로 몰고 가려는 자들아,
이제는 민얼굴로 다가가려무나.

보름달

휘영청 밝은 달을 보면
즐겁고 기쁜 날보다
슬프고 아픈 나날들이
주마등처럼 스쳐 가지만
모든 게 다 그립네요.

그대와 나 사이에
해묵은 앙금이
겹겹으로 쌓여 있다 해도
지금은 한마음으로
둥근 달을 바라보겠지요.

보름달을 보며
두리둥실 살자며
꽁꽁 언 임 마음도
봄날에 눈 녹듯이
사르르 녹으라며
두 손을 모읍니다.

새벽

너무나 조용해
숨소리까지 들리네.
왁자지껄하게 떠들던 소리도
어둠이 품고 있나 기척도 없는데
새벽을 여는 사람들 발걸음 소리는
자는 해를 깨우는 것 같네.

지나가는 바람도
창문을 흔드네.
머리맡에 놓아둔 알람시계
기지개 켜는 소리가 들린다.
꼭두새벽 일어나신
할아버지 헛기침 소리도 들린다.

그런데 너는 누굴 기다린다고
밤새도록 뜬눈으로 지새우는가.
찾아올 사람도 없는데,
약속한 사람도 없는데,
아마도 그림자 같은 사람이
돌아올까 기다리는가 봐.

8월의 첫 아침

장맛비가 이어지는
8월의 첫 아침,
단잠을 깨우는
시원한 빗소리에 잠이 깨
고양이처럼 세수하고는
밥 한술을 뜨는 둥 마는 둥
살포시 우산을 받쳐 들고
인간 냄새에 미친 바람둥이처럼
진한 향기 속으로
바람처럼 길을 떠나네.

겨우살이

벌거벗은 나무에
파란 새순이 돋아나고
한겨울에도 봄처럼 사는
고고한 삶이라오.

쳐다보는 높은 가지 위에
새 둥지처럼 틀고 있으면
새 삶이 간절한 자는
가던 길을 멈추고
내 손잡으려고 애원하네.

나 또한 겨우 살아가는 몸,
베풀 것이 어디 있으련만
그대가 나 좋다면,
그대가 나 원한다면,
이 몸도 기꺼이 받치겠소.

바람은 결이 닿다

사랑의 징검다리

옷깃만 스쳐도
가슴이 뛰는데
하물며,
눈 마주치기를 몇 번인가.

그 끈 놓칠세라
내릴 버스 정류장이 지나도
아닌 척,
그대 가는 곳이
내리는 정류장이라네.

그대 곁에 부는 찬바람도
열기로 가득한 남풍 따라
봄날이 오는가 봐
사랑이 움트는 소리 들리네.

8월은

가마솥 같은 유별난 불볕더위의 심술,
언제 지나가려나.
너그러이 봐 줄 겨를이 없네.

길섶에 핀 나팔꽃도 축 늘어지고
강아지도 혀를 빼물고
간밤에 잠을 설친 이는 눈을 감는데
더위에 지친 숲속엔 매미 소리만 요란하네.

화살처럼 지나가는 세월
뒤돌아보고 원망도 했는데
삼킬 듯이 달려드는 폭염에
초록 이파리 단풍들 날 기다려지네.

아직도 식을 줄 모르는
찜통더위에 불면의 열대야에
너무너무 힘이 들겠지만
이 또한 바람같이 지나가리라.

바람은 길이 없다

9월의 첫 꿈

한 번도 뵙지 못한 할아버지가
나타나 이르시기를
"흐르는 물은 길을 묻지 않는다."
"길을 묻는 자는 길을 잃은 자다."
가시다가 돌아서서 또 이르시기를
"길치를 따라가면 큰코다친다."
"바로 무덤으로 가는 길이야."
그러고는 안개처럼 사라지신다.
개꿈인가
자꾸 고개가 까우뚱거려지네.

9월에 핀 장미

고추잠자리가 날아다녀도
멀리 떠난 임이 돌아온 듯
그대를 보니
반가운 걸 어쩌나.

눈부시게 빨간 자태가
숙맥 같은 이 가슴을
또다시 콩닥거리게 하니
난들 어쩌나.

서산 노을이 땅거미를 부르니
떠날 때가 되었건만
철이 지나 피는 장미에 홀려
임을 보듯 넋을 잃고 있으니
어쩔 수가 없네.

푸른 시절에 푹 빠진 그대,
태양을 먹고 웃는 밤송이처럼
계절의 이별을 모르는 걸 보니
세월도 어쩔 수가 없나 봐.

상실의 시대

눈이 있어도 보지를 못하고
귀가 있어도 듣지를 못하며
입이 있어도 말 못하는
암흑의 세계인 소우주인가 봐.

손을 잘라야 하고
발도 잘라 버리고서
마치 흉상처럼 해야 하는
세상 개조를 위한 것인가 봐.

내 마음마저 빼앗은
그 임도 어딜 갔구나.
내 혼(魂)을 가꾸어 온
그 세월도 멍이 들었네.
잃어버리고 빼앗기는 세상처럼.

보이지 않는 마력(魔力)에 의해
변하지 않는 게 없다마는
모든 걸 비우면 새로 채워야지.
그래도 흔적은 남겠지,
낙엽이 진자리처럼.

우리네 인생길

아버지 품처럼 듬직한 산,
내 손을 꼭 잡고는
흔들리지 말고
바위처럼 살라 하네.

바위는 푹 주저앉아
눈을 감은 채 마음으로
철 따라 말없이 베푸는
나무처럼 살라 하네.

발가벗고 서 있는 나무,
바람과 함께 연주하듯
마지막 남은 한 잎마저
흙으로 보낸다며 이별을 하네.

이처럼 너는 주면서 살자는데
아직도 내 손은 펼 줄을 모르네.
돌아오지 못할 우리네 인생길
나무처럼 살아가세.

아직은

아직은 떠날 때가 아니라고 말렸는데
한사코 가지 말라고 말렸는데
막무가내로 떠난다고 떠나니
오늘같이 속이 타는 때도 처음이라네.

핑계 없는 무덤이 어디 있으련만
이 핑계 저 핑계, 핑계 아닌 핑계로
도피 아닌 도피로 그대가 떠난다니
잡아 둘 수 없는 게 안타까울 뿐이네.

아직은 내 사랑 그대에게 주다 말았는데
미련 없이 내 곁을 떠나려는
그대 마음은 섭섭하지도 않나 봐.
보내는 아쉬움이 바다처럼 큰데,

우리 새끼손가락 굳게 걸자꾸나.

어떤 어려움이 찾아오더라도

우리 사랑 다 소진될 때까지

처음처럼 변치 말고

우리 함께 같은 그 길을 가기로,

이제는 그대를 보내드리렵니다.

땅속까지 스며든 그대의 발자취를

우리 모두 함께 되새겨 보면서

우레와 같은 박수 소리에

그대를 실어 함께 보냅니다.

* 시작 노트: 자원봉사를 열심히 하시던 분이 부득이 자원봉사를 접고 지방으로 떠나는
 "아름다운 자원봉사자 졸업식"에서

무제(無題)

얼음은 얼음인데
더 자라야 하는 것 같고
그렇다고 물이라고 하기에는
더더욱 아닌 것 같았는데
살얼음판을 밟고 가려니 마치,
외발자전거 위에서 펼쳐지는
곡예를 보는 것 같이
아슬아슬하고 위태롭구나.

그래도 뛰어넘을 수 없어
너를 밟고 가려니 마치,
굿판에서 펼쳐지는
작두 타기를 보는 것처럼
간(肝)이 콩알만 해질 때가
한두 번이 아니련만
알면서도 가는 길이기에
너를 원망하지 않으리라.

능소화(凌霄花)

봄꽃이 지고 나면
푸름이 온 세상을 뒤덮는데
뜬금없이 너를 만나니
아주 반가워라.

담벼락 타고 떨어질 듯 험한 곳도
온 힘으로 올라가 행여나 임이 올까
금등화(金藤花)를 드리우니
길손들, 가던 길을 멈추네.

넋 놓고 바라보는 모습에
활짝 웃어주는 주황빛 얼굴들
그대는 어느새
내 마음에 별이 되네요.
그립고 외로울 땐 그대를 찾으리.

바람은 결이 있다

고추잠자리

나뭇잎이 물들어 가고
하늘엔 흰 구름이 한가롭다.

마당엔 고추잠자리들이
가을맞이에 분주하다.

그중에서도 제일 예쁜 놈이
바지랑대에 살짝 내려앉는다.

마치, 임을 기다리는 듯이
잊어버린 임을 찾는 듯이

잠시 후 또 한 마리가 찾아와
눈을 맞추더니 함께 가버리네.

떠나가 버린 아쉬움은 잠시
눈에서 사라질 때까지
그대들의 행복을 빌어준다.

선풍기(扇風機)

등줄기에 땀이 흐르고
온몸이 비에 젖은 듯 흠뻑 젖어 있는
몸과 마음을 식히고자 하는 마음에
주저 없이 네 배꼽을 누르고 말았네.

돌고 도는 날갯짓으로 눈 깜짝할 새
그렇게 애타게 그리던 시원한 바람을
냉수를 퍼붓는 듯 마음껏 안겨주니
바람의 숲에 머문 듯 살맛을 느끼네.

그것도 잠시더라, 한참을 돌다 보니
시원함은 간곳없고 오는 것은 열풍이라
네 배꼽을 더 세게 눌러본다만
숲 속에서 부는 바람,
그립기는 여전하네.

꿈을 실현하는 빛의 나라
– 한수원*과 코라드* 방문

캄캄한 세상을 벗어나려고
두 팔 벌려 기지개를 켜며
희망찬 북소리를 울렸지만
한 발자국도 나갈 수 없는 벽이
우리를 슬프게 했었지.

온 천지를 찾아 헤매 돌아도
가는 곳마다 외면 받던 천덕꾸러기,
내일의 푸른 세상을 위해
새 둥지를 내놓는 천년 고도의 경주
또 다른 천 년의 역사를 쓰는구나.

못 살 것 같은 긴 한숨을 잠재우고
광명 이세(光明理世)의 정신으로
미심쩍던 마음을 풀어가니
밝은 빛으로 푸른 세상을 꾸미고
지역갈등이 지역 상생으로 꽃이 피네.

내놓을 것도 보여줄 것도 없지만
영원히 푸르게 살아가야 하는 나라
너무나 먼 길을 돌아왔기에
더 머뭇거리면 안개처럼 사라질 운명
빛의 나라를 함께 열어 가자꾸나.

* 한수원 : 한국수력원자력(주)의 약칭
* 코라드 : 한국원자력환경공단의 영문의 약칭(KORAD: Korea Radioactive Waste Agency)

파도 소리

철~썩! 철~썩!
갈매기와 함께 왔구나.

부드럽게 스치는 소리로
마음을 어루만지고 갈 때마다
백 년 지기 친구를 만난 듯
날아가듯 두 손 들고 맞이하니
답답한 가슴이 펑 뚫리는 것 같네.
실타래처럼 얽혀 아픈 머리도
바닷바람이 스쳐 가니
파도가 쓸고 간 백사장처럼
맑고 깨끗해지네.
밀려오는 파도를 볼 때마다
온몸이 수시고 어깨가 결린다는
그대가 눈앞에 아른거리네.
파도 소리만 들어도
씻은 듯이 사라질 것 같네.

때마침 걸려온 손전화로
그 소리 그대에게 보낸다.

외로워하지 않으리라

내가 외로운 날엔
하늘도 외로운가 봐.
파란 하늘에
구름 한 점 없으니 말일세.

몸서리치게 외로운 날엔
바람이라도 불어와
나뭇가지라도 흔들어주면
파란 마음이 돋아날 것 같네.

누구를 기다린들
밀려오는 외로움을 막을 길 있나.
혼자서 외로워하지 말고
가슴을 활짝 열고 다가 가보면
천지가 벗이라는 걸 알 걸세.

길섶에서 홀로 핀 민들레꽃,
밤새 찾아온 이슬마저
햇살 따라 떠나려도
슬퍼하지 않겠다며 미소를 짓네.

외눈박이 세상

누구나 다 가지고 있다는
돌연변이 유전자로
부지불식간(不知不識間)에
외눈박이 세상이 온다면
두 눈을 가진 자를 보고
저건 사람인가 괴물인가
손가락질하고 수군거리며
왕따를 시키고 말겠지.
두 눈을 가지고도
한 눈으로 보는 사람들,
나날이 늘어나고 있으니
거듭하는 돌연변이의 조화로
그런 세상이 오겠다 싶네.
올 때는 폭풍처럼 온다니
오매불망(寤寐不忘) 바라건대
사람 냄새나는 세상이어야지.

내 마음의 섬

그리움을 가득 안고 달려간 섬,
듣고 싶은 이야기를 다 해줄 것 같고
잠자코 있어도 무엇이든 들어줄 것 같네.

온갖 아픔과 시련을 씻어줄 섬,
마음에 쌓인 회포(懷抱) 다 털어놓아도
엄마처럼 포근하게 다독여줄 것 같네.

바다에 누워 맛나게 시를 쓰는 섬,
파도 소리에 아픔을 달래고
갈매기 몸짓에 외로움을 달래는구나.

세월이 지날수록 인연이 깊어질 섬,
파도가 지나간 흔적은 절경으로 가꾸고
모래만큼이나 자갈만큼이나 사연도 많아
그대 곁에 머물고 싶어 오늘도 서성이네.

새장에 갇힌 새

왜 그토록 지저귈까
두려움에 떨어서, 아니면
억울한 사연 하소연이라도 하려고
하늘나라까지 다 들리겠구나.

왜 그토록 슬퍼할까
새장에 갇힌 영문을 아직도 몰라서,
가슴에 묻어 둔 사연 아무리 말해도
손톱만큼도 믿지 않으니 억울해서구나.

쥐구멍에도 볕 들 날이 올까
보자는 양심까지 꺼내 보일 수 있다면
실오라기 하나 없는 알몸을 보여준다
자유의 몸이 되어 날아갈 수 있겠지.

새장 밖에 새들은 애처롭게 바라보며
온갖 시련과 고통을 잘 이겨내고
찬바람에도 의젓하게 잘 버티라며
고개를 까웃대며 눈알을 굴리는구나.

비 오는 날에 나들이

우산에 떨어지는 빗방울 소리,
난타를 연주하듯 요란하네.

오는 모양새가
살 속까지 파고들 것 같아
갈까 말까 망설여지네.
몸도 찌뿌둥하고 나른해
하루 쉬고 싶은 마음이
비 오는 핑계 삼아 머물고 싶다네.

초롱초롱한 눈망울들이
빗줄기 사이에서 아른거리네.
부질없이 망설이지 말자며
꿈나무로 향한 발걸음이
빗속에다 길 하나 열어 놓은 듯
물 찬 제비같이 날렵하구나.

우산에 떨어지는 빗방울이
잦아들기는커녕 장대비로구나.

강아지 엄마

지나가는 강아지 어미는 몰라도
안거나 유모차 태워 가는 강아지
엄마는 알 것 같아.

얼굴이 닮지 않아 가만히 보니
부모 보기를 돌같이 하는
자식들 대신에 입양한 것 같아.

자식들은 벌레 씹은 듯 쳐다보는데
이놈은 꼬리 치며 반갑다고
온갖 재롱을 귀찮을 정도로 부리니
우리 사이에 정(情)이 자라더라고.

정붙일 데 없어 헤매던 때
옆구리로 파고드는 외로움을 쫓고
따뜻한 온기와 웃음을 전해주니
남이야 뭐라던 가슴으로 맺은 언약
죽기 전에는 변치 않으리라.

한여름 밤

한낮에는 나무그늘에
시원한 바람까지 찾아오는데
밤에는 오라는 잠은 쫓고
가라는 잡념은 밀려오는
후덥지근한 열대야가 되어
잠을 설치는 밤이로구나.

모기가 귀찮게 치근거리고
시원한 화채 생각이 나는 밤,
개울물에 발을 담가도
가슴은 식지 않는 밤이라
밤하늘에 흐르는 은하수에
조각배 띄워 임 마중 갈거나.

한밤의 시계는 더디 가나
밤새워 뒤척이다 보면
그래도 새벽은 오는 가봐.
새벽닭이 울 때쯤이면
잠은 쏟아지고 몸은 천근이라도
목구멍이 포도청이라 길을 나선다.

\<제3부\>
- 아플수록 시를 쓰는 시인 -

진드기처럼 달라붙어

콧물에다 재채기까지 가져와

이렇게 괴롭힐 줄이야.

이런 순간에도

시를 생각하고, 읽고 쓰는

당신은, 진정한 시인이야.

참인간

볼품없는 한 송이 꽃이라도
저절로 피는 법이 있나요
물과 바람과 햇빛이 없었다면
과연, 그 꽃이 필 수 있나요.

인간도 인간다운 인간,
인간의 도리를 다하는 인간
그런 인간이 참인간이라면
과연, 그 인간 저절로 클 수 있나요.

인간이 하늘에서 떨어진 것처럼
홀로 인간이 되었다고 지껄이면
부모도 선생도 섭섭하겠지.
울타리가 된 사람도 욕을 하겠지.

지킬 거야

꼭, 지켜야지
다짐하고 또 했었지
하지만, 지나다 보면
풀어진 마음에
때로는 잊고 지내기도 하지
해가 거듭할수록
지키지 못한 말들이
새록새록 떠오르는 것은
붉게 물던 나이 탓일까
서둘러 가는 세월 때문일까
나와 내가 한 약속
너와 내가 한 약속
늘 항상 믿고 다짐했는데
너를 잊었다고 한다면
구차한 변명일 테지.
그 약속 지킬 거야!

달이 베푼 터전

달의 등쌀에 못 이겨
육지까지 온 바다,
섭리를 보게 하는구나.
그리 오래 머물지 못하고
저 멀리 가버린 바다,
그 빈자리는
넓은 갯벌이 펼쳐지고
수많은 생명체가
탄생, 성장, 소멸하는
삶의 터전이 되는구나.
멍청이처럼 살았다며
조개 잡고 낙지 잡아서
아들딸 잘 키웠다며
눈시울을 적시는 어부들
힘든 삶이 묻어나는
구성진 소리에 목이 멘다.
저런 삶, 다시 태어나도
바다 냄새가 물씬 풍기는
그런 곳에 살겠다는
순한 마음을 엿보는구나.

가을 인생

무더위가 무릎을 꿇었나
꽃보다 아름다운 선물을 가지고
단걸음에 찾아왔네.
더워서 죽겠다는 말,
입에 달고 살았는데
불어오는 갈바람에
그 말도 쏙 들어갔네.
훌쩍 떠난 임처럼 기다렸는데
여기도 저기도 만산홍엽이니
별로 탐탁지 않은지
보는 둥 마는 둥 시큰둥해지네.
그래도,
쓸쓸하고 외롭고 답답할 때면
국화 향기 뒤로 하고
훌쩍 너를 찾아 나선다.
낙엽이 바람에 흩날리네.
낙엽은 슬퍼하지 않고
또 초록 세상을 꿈꾸겠지.

심야 책방

집으로 돌아가는 이 시간에
심야 책방에서 모이잔다.

먼저 인증 사진부터 찍잔다
출출한데 야식이나 먹잔다
또, 한 친구는
게임이나 같이 하잔다
또 다른 친구는
그림책에 색칠이나 하잔다
그래도, 책방에 왔으니
독서 여행이나 하잔다
모처럼 나온 나들이라
이색 체험이나 하잔다.

세월 따라 많이 변했구려
바다처럼 다 품는 곳으로.

초가을 햇볕

따뜻한 햇볕이
뾰족뾰족한 밤송이에 안기면
밤송이가 활짝 웃더라고,

따뜻한 햇볕이
살랑거리는 코스모스에 안기면
꽃망울이 활짝 피더라고,

그 햇볕,
외로운 가슴에 스며들 때면
풋사랑도 영글겠지.

그 햇볕,
사람들의 가슴마다 찾아들면
사랑이 가득한 세상 될 거야.

아플수록 시를 쓰는 시인

진드기처럼 달라붙어
콧물에다 재채기까지 가져와
이렇게 괴롭힐 줄이야.

봄이 오면 꽃가루 알레르기로
꽃놀이를 즐길 수 없을 것 같아
네가 올까 두렵네.

여름에도 짧은 소매 옷은커녕
시원한 에어컨도 켤 수 없으니
네가 올까 두렵네.

가을이 와도 그 버릇 못 버리고
기온이 내려간다는 핑계로
갖가지로 괴롭힐 것이 뻔하다.

겨울이 오면 살판이나 날 것처럼
우군(友軍)까지 데려와 괴롭히면
해동할 때까지 살란 가 모르겠네.

이런 순간에도
시를 생각하고, 읽고 쓰는
당신은, 진정한 시인이야.

<제3부>
- 아플수록 시를 쓰는 시인 -

가을비 오는 밤

한로가 지난 가을에
한여름처럼 비 오는 밤

함석지붕 위에
콩이라도 쏟아 붓는 듯
요란한 소리에 잠을 깬 밤

막된놈이 성난 파도처럼
떼거리로 쳐들 올 것 같은
불길한 생각에 잠을 설치는 밤

이 생각 저 생각 말자 해도
소용돌이 속으로 빠져드는
일편단심 무궁화가 애처롭구나.
내 속마음은 차마 꿈이길

보이는 게 다가 아닌데

먼 산을 바라보면
산도 푸르고 나무도 푸르니
푸른 세상이구나 싶지만
보고 또 보면 푸른 것만이
세상을 이루는 게 아니네.

눈썹을 치켜세우고 눈을 뜨면
붉은 진달래꽃이 눈에 들고
검은 바위 위에 흰 구름 뜨니
동쪽 하늘에 낮달도
빙그레 웃으며 내려다보네.

온 세상이 푸른 것은
산라만상(森羅萬象)이 푸르고
사람마다 푸르다고 전하니
마음마저 푸르게 물들어
저렇게 푸르게 보이는 것이라오.

나무만 푸르면 산도 푸를 거라는
철없는 말도 함부로 하지 말자.
푸른 이끼로 덮고 변신하는 바위
꽃을 떨구고 푸름을 얻는 진달래
앙상블을 위해 서로를 배려하며
호흡을 맞추는 소리 들리나
보이는 게 다가 아니니 귀를 열자.

저녁노을 앞에서

떠날 때다! 하면서도
떠나기를 머뭇거리는
붉게 물들어가는 인생이라네.

아쉬움만 밀려오는 이 순간,
못다 하고 후회스러운 일을 위해
하루를 일 년같이 살고 싶다.

흐르는 물처럼
활시위를 떠난 화살처럼
되돌아갈 수 없는 길,
외로운 인생길이라지만
행여나 싶어 사방을 둘러보지만
그림자조차 길게 드러누웠구나.

서산 넘어가는 인생이라지만
하루에 지친 해를 바라보면서
백세(百歲) 인생을 노래한다.

마지막 잎 하나

꿈 많은 푸른 나무였는데
어느새 앙상한 가지에 잎 하나
남아 파르르 떨고 있네.
영원할 것 같은 푸름도
세월 가는 줄을 몰랐나.
단풍 들자 세찬 바람이 부니
다 떨어지고 홀로 남았네.

끝없이 불어오는 칼바람 앞에
생명력을 잃고 말라비틀어지며
끝까지 버티려고 발버둥 치기보다
차라리, 떨어져 움트는 새잎에
모든 것을 다 준다면
잎 하나 남아 있어도
마지막 잎 하나가 아니겠지.

봄이 그리운 사람들

낙엽 지는 쌀쌀한 늦가을에
한 친구가
"한겨울이야." 하니까
또 다른 친구는 자꾸
"봄이 오는데"라고 하네.

그렇고 그렇다

어슴푸레해지는 추억도
입가에 미소를 머금게 하고
마음에 보름달도 뜬다.
얼굴에 어둠이 드리워지면
가슴에 비를 내리게 한다.

전철 노인자리에 앉아
감길 듯 가는 눈을 뜨고
좋았던 추억을 찾아
태고에까지 거슬러 간다.
너도 그렇고 나도 그렇다.

오줌발

"걸어 총"
"쏴"
오줌발을 들입다 세우며
서로가 멀리 간다고 퍼부어댄다.

코흘리개 시절
사내새끼 놈들의 힘자랑이다.
오줌발이 한 치만 길어도
천하를 얻은 것처럼 어깨를 편다.

그런 몸이 세월에 시달려
무말랭이처럼 시들어질 때
오줌발도 발등에 떨어진다.
옛 시절이 그리워
추억을 되새김질한다.

아차, 이러다간 이 세상을
곧 하직하겠다 싶을 때
머릿속에 무엇이 스친다.
오줌발이 짧아지더라도
두 발로 걷자고.

우편배달

깃털마다 사연 담아
무리 지어 가는 철새들

어디로 가나 돌아도 보지 않네.

남북으로 헤어진 이산가족들,
눈물 젖은 사연 전하러 가나

훼방꾼은 없어야 할 텐데,

그냥의 속뜻

그리움이 밀려올 때면
'그냥 걸었다'며
누구에게 전화를 걸지.

그냥이라고 둘러대도
들리는 소리에
숨소리까지 실어 와
살갑고 따스함을 느끼면
그냥은 그냥이 아니지.

애늙은이

너를 보면 다들 똑똑하다고 한다
어른들이 다 부러워할 만큼,

너를 보면 또래보다 더 많이 안다
어른들이 혀를 내두를 만큼,

너를 보면 하는 짓이 어른스럽다
어려운 고비 다 겪은 어른처럼,

그러니까,
너를 보면 애 같지 않다며
애늙은이라 부른다.

깜빡이등

눈 내린 밤하늘 아래서
한 줄기 빛으로 사랑을 찾는
반딧불처럼 애처롭게 깜빡이네.

놓치기 싫은 손을 놓친 것처럼
길옆에서 수없이 깜박이는데
무엇을 말하려고 저럴까.

싸늘해지는 몸과 마음이라
품속에 온기가 그리워
누굴 꼭 껴안고 싶어서인가.

이제야 알겠구나!
몸통을 위한 몸짓이란 것을,
어디로 끌려가면서도 깜빡이네.

소나무의 삶

사시사철 수많은 날을
늘 푸른 몸으로 산다네.

주위를 돌아보지도 않고
주위에 물드는 일 없이
바위처럼 묵묵히 산다네.

봄날 꽃처럼 피어나
벌 나비를 유혹하지 않고,
태풍이 찾아와 마구 흔들어도
바람만 울고 간다네.
울긋불긋 몸치장해가며
유행에 물들지 않고,
삶의 고비마다 외로울 땐
그림자를 부둥켜안고 산다네.

아, 소나무여!
그대의 삶이 이럴진대
살아서도 죽어서도 너와
함께 있고 싶어 안달이구나.

바람은 길이 없다

불난 집

한순간에 모든 것이
연기처럼 사라지나?
화마(火魔)에 사로잡혀
애걸조차 할 수 없는 신세,
이를 애타게 지켜만 보며
발만 동동 구르는 혼(魂),
아무것도 할 수 없는 처지라
애달고 속이 타들어 가는구나.
일궈 놓은 삶의 흔적들이
한 줌의 재로 될까 두렵구나.
시커멓게 그을린 집만 남아
정나미가 떨어질까 봐 두렵구나.
호랑이한테 물려갈 때도
정신만 차리면 산다는데
제발, 정신 좀 차려라!
불난 집이 길 건너 호떡집이 아니야.

시월의 기도

서리 맞고 축 늘어진 배추처럼
따뜻한 햇볕에도 시들어가는 그대,
두고만 볼 수 없어 기도합니다.

모래알처럼 흩어진 우리에게
곱게 물던 오색의 단풍처럼
조화롭게 살아갈 지혜를 주소서.

배고픔에 이골이 난 우리에게
황금빛 가을 들녘처럼
넉넉한 마음을 갖게 하소서.

가는 길을 잃고 헤매는 우리에게
푸른 하늘에 흰 구름처럼
자유와 질서를 함께 가르쳐 주소서.

우리가 드리는 기도를 들어주소서.
벼랑 끝에 선 그대를 구해주소서.
살아가는 우리에게 축복을 주소서.

밤송이

저 토실토실한 밤송이 좀 보소.
저절로 저렇게 되리 만무하지.
몇 날이나 해를 안고
몇 밤이나 달을 품어서
탐스러운 밤송이로 익었겠지.

저 밤송이 속에는
알토란같은 밤이 세 개,
청운의 꿈을 품고 앉아있어
3정승(三政丞)의 표상이라네.
자손들 잘되라는 선조의 지혜로
귀한 대접을 받는 몸이라지요.

할아버지

우리들의 뿌리다.

그 뿌리에서 태어나
정을 듬뿍 받고 자라도
점점 잊으면서 산다.

그러다가
나도 할아버지가 된다.

바람은 길이 있다

가을 아침

창문을 열어 보니
가을비가 촉촉이 내리네요.

떨어지는 빗방울 소리에
아침부터 마음이 심란하네요.

나뭇잎도 계절을 재촉하는
빗방울과 함께 몸을 섞네요.

세월에 묻어둔 사랑,
바람결에 날려 왔나
홀연히 떠오르네요.

가을 나들이

누가 가을을 슬픈 계절이라 했나.
아름다운 들꽃이 나를 반기는데
노랗게 익어가는 벼이삭은
보기만 해도 배가 부르네.

하얗게 피어오른 갈대꽃,
춤사위도 예사롭지 않네.
벌 나비가 지나간들 잡지도 않네.
강물도 바람을 만나 너울로 다가와
쓸쓸한 내 마음을 씻어 주는구나.

강물에 떠있는 청둥오리 한 쌍,
내 젊은 시절을 그립게 하는구나.
물들어가는 산도 들도 뒷전이네.
세월의 징검다리를 건너가
가을을 즐기는데 하루해가 짧구나.

<제4부>
- 구름을 쫓고 나온 해처럼 -

먹구름이 몰려들어도

할 말을 다 하는

대나무 같은 사람들,

구름을 쫓고 나온 해처럼

온 누리를 밝게 하리라.

혼자 생각

눈을 감아도
아른거리는 모습,

어쩌다 가슴에 묻고
평생을 살았는지

지금은 무얼 할까
검버섯이 꽃처럼 피는데,

콧노래

즐거울 때 늘
너와 함께 했는데,

왜 이렇게
고달프고 서러운지
그 사연 하소연할 길 없어
눈시울을 적시며
너를 부르네.

꽃은 바람을 나무라지 않는다

꽃이 아름답기도 하여라
속은 더 고아 향기롭구나
봄이라지만 바람이 찬데

목마르고 배고플 때
누구 덕에 살았는가
춥고 어두움에 떨고 있을 때
누구 품에서 자랐는가
받기만 하며 살았는데

웃고 있는 꽃송이마다
사랑놀이 한창인 벌 나비,
바람은 시샘을 하는지
뿌리까지 흔들어대는구나.

사랑의 결실을 거두기도 전에
꽃잎이 다 떨어지지 않을까
안절부절못하고 있을망정
꽃은 바람을 나무라지 않는다.

한반도의 목소리

흙을 파내고 새 흙으로 채우고
물을 퍼내고 새 물로 채우고
뼛속까지 다 새로 바꾼다.

꽃도 봄을 맞아 새 꽃이 피고
나뭇가지에도 새잎이 돋아나고
세상을 바꾼다며 사람도 바꾼다.

어두움을 밝힌다고
차별 없는 세상 만든다고
법석을 떨고 분탕질을 치지만
빛도 사랑도 꿈도 보이질 않네
흩어지는 메아리만 들릴 뿐이야.

가만히 있는 바위 보고 변하란다
알다가도 모를 세상만사,
물에서 불을 찾는 세상인가
볼수록 아리송해!

바람, 바람이어라

한반도를 덮고 있는 찬 고기압
입춘이 지났으니 물러가려나.
가슴에 품고 사는 한(恨)은
뼛속까지 파고들어
누그러지기보다 더 매섭네.

실오라기 하나 걸치지 않고
몸도 마음도 추운 나날을
어떻게 보내느냐며 땅을 쳐도
지나가는 이는 본체만체인 게
세상인심이란 걸 이제는 알까.

그 덥던 긴 여름이 간 것처럼
이 추운 나날도 지나가겠지
슬픔과 아픔이 클수록
기쁨은 크고 더 빨리 온단다.
마음 단디 먹어라.

모든 게 지나가는 바람이어라
언젠간 지나갈 나날들,
춥다고 호들갑을 떨어봤자
봄은 더 일찍 오지 않으리.
너무 슬퍼하지 마라.

<제4부>
- 구름을 쫓고 나온 해처럼 -

비둘기의 설교

우리들의 삶이
이토록 어려울 때는 없었다.

먹이를 제대로 주기나 하나
머물 곳을 제대로 챙겨주나
어딜 가나 천덕꾸러기 신세
안 그런 척하면서도
멀어지는 정이 그립다.

때로는 삶을 포기하고 싶다
때로는 원망스럽기도 하다
되돌릴 수만 있다면
태고(太古)로 되돌아가고 싶다
아니, 되돌아가야 해.
어두운 밤이 지나가면
밝은 날이 오는 것처럼
찌푸린 구름이 걷히면
웃는 태양을 볼 수 있는
그날이 오겠지.

옛 시절을 그리워만 말고
떨고 있는 자유 평화를 위해
내일을 그리며 오늘을 산다.

만국기

너는
바다처럼 파란 하늘에
바람에 펄럭이며
목 놓아 부르던 평화를 쓴다.

너는
심산계곡처럼 깊은 갈등도
다 쓸어 담아 잠재우고
평화의 불씨를 지핀다.

너는
철옹성 같은 동토에
철새처럼 넘나들며
쉼 없이 나부껴라
옹고집도 봄눈처럼 녹겠지.

끌리는 마음

세월 따라 바람 따라
발길 닿는 데로 간다지만
끌리는 마음 어쩔 수 없어
얼토당토않은 핑계로
봄눈처럼 너를 찾는구나.

열 일을 제쳐두고
파안대소(破顏大笑)하며
고향의 품처럼 맞아 줄 때면
흔들리는 마음 푹 내려놓고
내 집처럼 머문다오.

땅거미가 등 떠밀 때면
끝도 없는 사연 접어두고
집으로 향하는 발걸음
잘 가라며 흔드는 손
차마 볼 수 없어
들어가라며 손사래를 쳐본다.

구름을 쫓고 나온 해처럼

먹구름이 몰려들어도
할 말을 다 하는
대나무 같은 사람들,
구름을 쫓고 나온 해처럼
온 누리를 밝게 하리라.

비바람이 몰아쳐도
할 일은 다 하는
소나무 같은 사람들,
구름을 쫓고 나온 해처럼
온 누리를 푸르게 하리라.

시류에 떠밀려 잠시,
먼눈을 팔았더라도
천사처럼 베푸는 사람들,
구름을 쫓고 나온 해처럼
온 누리를 포근하게 하리라.

태풍(颱風)

지나간 자리마다
늘 큰 상처로 얼룩지니
네가 올까 두렵구나.

멀고 먼 남쪽 바다에
네가 나타나기만 해도
온 나라가 들썩이는구나.

오지 말라고 한들 안 올까
오더라도 안 오는 듯 오기를,
비껴갔으면 하는 요행도,
올 바엔 효자 노릇 하고 가야지.

올해는 몇 번이나 오고 갈는지
상처만 주지 말고 웃음을 다오
우리는 가물 때 도랑 칠게.

그 사연 너는 알지

잔잔한 호수 위에
저리 많은 빈 케이블카들이
누굴 태우러 가는 것처럼
쉼 없이 가고 또 가네.

정작, 타야 할 사람들은
외줄에 생명을 맡기느니
차라리 건강을 위해 걷자며
안개 낀 둘레 길을
오늘도 걷고 내일도 걷겠단다.

줄 당기는 대로 움직이는
춤추는 인형처럼
가라면 가는 신세라더니
무슨 사연 있기에
공중에 멈춰 꼼짝을 못 하는지
그 사연 너는 알지.

미네르바(Minerva)는 알겠지
– 인공지능 로봇의 출현

인간의 걸작이라지만
인간 위에 군림하면서
신의 경지까지도 넘본다면
인간에게 축복인가 재앙인가.

끝없는 욕망에
편리성이란 미끼에 현혹돼
제 할 일을
내팽개치는 어리석음에
얼씨구나 좋구나
이때다 싶은 너는,
인간의 눈을 흐리게 해
또 다른 존재로 다가오는데
적인가 동반자인가

앞서가 좋아하지
세상 변화를 모르는 인간들!
크고 작은 자연의 경종에도
못 들은 척 외면하는 인간들!
지혜의 여신,
미네르바(Minerva)여!
이를 밝혀주소서.

눈먼 새

제 욕심을 다 채우면서
주위와는 벽을 쌓는 사람들,
어떻게 사나 싶었는데
손가락질 받는 사람 많더라.

너무 착하고 정직해
법 없이도 살 수 있는 사람,
어떻게 사나 싶었는데
오손도손 화목하게 잘살더라.

먹을 것을 눈앞에 두고도
못 찾아 먹는 눈먼 새도
어떻게 사나 싶었는데
다른 새 온정으로 정답게 살더라.

악의 꽃이 만발하는 세상,
정이 메말라가는 세상,
미물(微物)이 주는 지혜가
질퍽하게 적셔줄 텐데.

황혼기에 넋두리

삶은
돌멩이가 짓누르는 것처럼
무겁고 고달프네.

사랑은
눈가에 잔주름이 는 만큼 시들해져
애틋하고 가련하네.

처연(悽然)한 인생사,
아슬아슬하게 여기까지 왔는데
해는 서산에서 내일을 부르네.

섭리(攝理)에 관하여

바위틈에서 자란
나무 한 그루를 보고
가여워하지도 말고
하찮게 여기지도 말란다.

내년 봄에는
아무리 속 좁은 바위라도
큰마음 먹고 병아리 눈물만큼이라도
더 넓은 틈을 내줄 거란다.

가만히 들여다보면
바위는 괴로워한다.
뿌리가 얼고 녹고를 반복하면서
얼마나 시린 상처를 주는지

바위의 상처를 범한 나무야
나무의 사정을 품고 살은 바위야
누가 참회록을 써야 할까.
숙명적인 만남에 대해.

돌다리

풍선처럼 부풀어진 마음,
모든 것이 장밋빛으로 보일 테지
보이는 게 전부가 아닌 세상,

더군다나 양의 탈을 쓴 늑대가
무슨 마음을 먹고 저러는지를
다 아는 것처럼 우쭐대지 말라
해묵은 체증을 다 풀 것처럼,

아는 길도 물어가라는 데
속마음은 대추나무에 걸고
화약을 지고 불구덩이로 가도 될까
돌다리도 두들겨보고 가야지.

기다린 세월이 안타까워도
갈 길이 바빠도 재촉하지 말고
곰곰이 생각해보며 건너가야지
운명이 걸린 막중한 일인데,

빈방에서

그리움과 외로움이 밀려올 때면
무릎에 얼굴을 묻고 눈을 감는다.
포근한 가슴으로 안아주는 엄마도
어깨를 토닥이며 위로하는 친구도
찾아와 서로 의지하며 살잔다.
뜻밖에 찾아온 임들이라
반가운 마음에
손 한번 잡아보고 싶고
얼싸안고 춤 한번 추고 싶어
다가서면 홀연히 떠나버린다.
빈방에는
또 파고드는 외로움에
얼굴을 묻고 눈을 감는다.

진풍경(珍風景)

누구도 호객하지 않는데도
호떡집 앞에 줄을 길게 선 아줌마들,
추억을 은쟁반에 올려놓고
이리 굴리고 저리 굴린다.
눈코 뜰 새도 없이 바쁜 주인은
쌀가루 반죽에 마음의 꽃씨를 심고
요리조리 뒤집으면서 추억을 가꾼다.
나 또한 가슴 졸이며 수줍은 설렘으로
벼르고 벼르면서 차례를 기다린다.
아줌마들의 추억만큼이나 긴 줄,
뭉그적대고 있어도
호떡집에 불난 듯해서 귀는 즐겁다.
기다리고 기다리다 받아 든 호떡,
호호 불어먹는 호떡,
추억을 먹는 한때가 즐겁네.

휴머노이드 제이 씨의 고백

인간의 꼭두각시로
하라는 대로만 하는 존재로
세상에 태어났지.
궂은일이든 위험한 일이든
시키는 대로 일만 하는
순한 소처럼 일만 했지.
한없는 인간의 욕망,
더 똑똑하라는 채찍질에
인간을 닮고 닮아
세상의 꽃이 되었지.

인간 닮은 로봇 탄생이라며
칭찬과 박수를 보내 줘
그걸 먹고 자라고 자랐지.
드디어, 욕망과 의지를 보이며
감정도 표현하고 사랑도 하며
인간의 명령도 거부할 것 같으니
도전해오고 지배당할까 봐
두 눈이 동글해지는 인간들,
하지만, 나는 안다.
내 몸에 피가 흐르기 전에는
인간이 될 수 없다는 것을,

인간들아! 겁내지 말라.
나의 지배자는 인간이다.

그리고 살면서

양심이 조금이라도 있다면
이러지는 말아야지
이러지는 말아야지
아무리 생각해도 이게 아닌데,
그러는 동안에
태양은 떠서 질 때가 되고
무성했던 잎은 어느새 다 떨어지고
앙상한 나뭇가지에 바람조차 울고 가는
그런 삶이 된답니다.
사람들은 그리고 살면서
또 그리고 산다지요
무덤에 갈 때까지,

오호통재(嗚呼痛哉)라
– 의병장 김덕령을 되새기며

마른날에 날벼락 맞은 별,
충장로*에서 우리를 맞이하네.
세상일 돌아가는 꼴을 보면
예나 지금이나 왜 그리 어리석은지
될 성싶은 나무 자르기부터 했네.

낙락장송(落落長松)도 근본은 종잔데
두고두고 볼 수는 없었나.
살면서 흠(欠) 없는 사람 어디 있나
일생을 나라 사랑하며 살았던
청운의 푸른 꿈을 짓밟은 자가 죄인인데
이몽학의 말만 믿고
꽃이 피기도 전에 꺾어버린 모진 사람들,
저승에서 만나 무릎 꿇고 빌고 빌었나.

세월이 흐를수록 더 반짝이는 별,
보면 볼수록 생각하면 생각할수록
그 숭고한 뜻이 내 가슴을 친다.
오호통재(嗚呼痛哉)라.

* 충장로 : 광주 출신인 의병장 김덕령 장군의 숭고한 뜻을 기리기 위해 충장사를 짓고
   광주의 가장 번화한 거리를 '충장로'로 부르게 함. '충장'은 김덕령 장군의 시호임.

통일 공부, 지금도 수업 중

해방 후 칠십 년 동안이나
신물이 나도록 겪어 보았는데
시시때때로 사탕 주고 연기 피우면
구세주를 만난 것처럼
발광(發狂)을 하듯 야단들인데
왜들 그러는지 모르겠나.

남과 북, 한겨레가
같은 땅 같은 하늘 아래 살면서
망나니짓 한두 번 당했나
아니, 벌써 그걸 잊었나
아무리 그리움이 북받쳐도
아무리 통일이 절박해도
고삐를 잡고 있는 저들,
마음이 콩밭에 가 있는 걸 모르나.

날고 헤어져 입지 못할 옷을
애지중지 못 버리는 저들과 함께
자유민주주의 통일로 가는 길은
가식적인 사랑보다 따뜻한 사랑을
달콤한 사랑보다는 배반하지 않는 사랑을
동상이몽이 아닌 둘이 같은 사랑을 하는
그런 사랑을 고백해보자.
그 사랑 진정으로 받아줄 때
찬란한 태양을 볼 수 있을 텐데,

그날을 위해
자유민주주의 기(氣)를 살리자
자립할 수 있는 튼튼한 힘을 키우고
구정물 이루는 미꾸라지도 달래보자
그리고 참고 때를 기다리자.
서두른다고 될 일이 아닌데,

정의(正義)의 정의(定義)

저 하늘에
떠가는 흰 구름처럼 살면
얼마나 좋을까

저 넓은 초원에서
풀을 뜯는 사슴처럼 살면
얼마나 좋을까

하지만, 숲속에서
늘어지게 잠자다 깬 포식자는
먹잇감의 숨통 조일 궁리만 한다.
늘 약자의 비극으로 끝나지만
강자는 전혀 죄의식이 없다.

이를 어찌할꼬.
생태계에서 약자는 쩩소리도 못 하나
힘 있는 자의 아량만 바랄 뿐인가
우리가 사는 곳도 그런가.

겨울비

추적추적 내리는 비에
나뭇가지에 매달린 낙엽은
이별의 서러움에
울고 있네요.

바람도 데려오지 않고
폭풍의 전야처럼
조용히 내리는 꼴이
북풍한설 몰고 오나 싶어
더 빨리 떠나려는 낙엽,

비야!
제발 새벽이슬 내리듯이
아름다운 꽃비로 내려 주소서.
슬픈 눈물이 아닌
행복의 꽃이 피어나도록,

내 태어난 곳으로
함께 가자며 재촉하는 너,
우리 미련 없이 땅으로 돌아가
새봄에 다시 돌아오자 꾸나.

바람으로 길이 되다

11월에 마지막 월요일

고요한 아침에 안개 낀
수목원을 산책한다.

꽃처럼 붉게 물들었던
단풍잎을 소복하게 잠재우고
맨가슴으로 반기는 그대,
소박한 자태가 장하다 싶네.

아름답고 향기롭던 꽃들도
계절 따라 떠난 뒤라
꽃송이 작은 국화만이 간간이 남아
메마른 가슴을 촉촉이 채워주네.
은빛 억새꽃도 바람결에 나부끼며
아쉬운 내 마음을 달래주네.

천년향*아
늠름하고 고상한 너의 기품에
내 소원 다 들어줄 것 같아
가던 길을 멈췄네.
시가 있는 산책로로 함께 갈까나.
그림 같은 서화연*으로 갈까나.

그대들의 목마른 갈증,
다 풀기에는 하루해가 짧구나.
겨울밤을 수놓을 빛의 향연,
오색별빛 축제를 기약하잔다.

* 천년향 : 아침 고요 수목원에 있는 오래된 향나무 이름
* 서화연 : 기와집, 초가집, 연못 등으로 꾸며져 한국의 정서가 물씬 풍기는 곳

바람은 길이 없다

곽종철 제4시집

2019년 10월 25일 초판 1쇄
2019년 10월 30일 발행
지 은 이 : 곽종철
펴 낸 이 : 김락호
디자인 편집 : 이은희
기 획 : 시사랑음악사랑
연 락 처 : 1899-1341
홈페이지 주소 : www.poemmusic.net
E-Mail : poemarts@hanmail.net

정가 : 10,000원
ISBN : 979-11-6284-148-8

산 넘어 봄소식이 올 때면
바람은 꽃길 따라 오는 듯하더니
녹음이 우거지는 여름이 되면
아름드리나무도 가는 길을 막는다고
뿌리째 뽑아버리고
가을 단풍 물들면 나뭇잎을 떨게 하고
한겨울이면 뼛속까지 파고들어
영혼조차 흔들어 댄다.

"바람은 길이 없다" 본문 중에서

대한문인협회
곽종철 시인 서재 바로가기

정가 10,000원

03810

9 791162 841488

ISBN : 979-11-6284-148-8